UAO
Universale d'Avventure e d'Osservazioni

Le grandi storie horror

N. M. Zimmermann
Le grandi storie horror. Nel castello di Dracula
disegni di Caroline Hüe
traduzione dal francese di Emanuelle Caillat

della stessa serie:
Nel laboratorio di Frankenstein
Sull'isola di Jurassic Park
Nello studio del dottor Jekyll
Sulle tracce di Sherlock Homes

ISBN 978-88-9348-728-3
Prima edizione italiana novembre 2019
ristampa 9 8 7 6 5 4 3 2
anno 2025 2024 2023 2022

Titolo dell'edizione originale francese:
Le Grand Livre de l'Horreur. Dans le château de Dracula

Questo libro utilizza
EasyReading® Font
Carattere ad alta leggibilità
DYSLEXIA FRIENDLY

GALLUCCI 20 anni 2002-2022

MISTO
Da fonti gestite in maniera responsabile
FSC® C021883
FSC www.fsc.org

Il marchio FSC® garantisce che questo volume è realizzato con carta proveniente da foreste gestite in maniera corretta e responsabile e da altre fonti controllate, secondo rigorosi standard ambientali, sociali ed economici. L'FSC® (Forest Stewardship Council®) è una Organizzazione non governativa internazionale, indipendente e senza scopo di lucro, che include tra i suoi membri gruppi ambientalisti e sociali, proprietari forestali, industrie che lavorano e commerciano il legno, scienziati e tecnici che operano insieme per migliorare la gestione delle foreste in tutto il mondo. Per maggiori informazioni vai su https://ic.fsc.org/en e https://it.fsc.org/it-it

N. M. Zimmermann

Le grandi storie horror

Nel castello di Dracula

Disegni di Caroline Hüe Traduzione di Emanuelle Caillat

Gallucci®

Capitolo uno

«Per oggi abbiamo finito. Ricordatevi di far firmare le verifiche ai vostri genitori!»

Adam diede un'occhiata alla lavagna e finì di ricopiare i compiti sul diario. Gli altri ragazzi della classe chiacchieravano tra loro facendo le cartelle.

Samy si alzò di scatto per raggiungere i suoi amici. Si era seduto vicino a lui soltanto perché era arrivato in ritardo e quello era l'unico posto vuoto. Adam sospirò e chiuse il diario Zombie Apocalypse. Infilò la sua penna col teschio di plastica nell'astuccio a forma di scheletro e appoggiò lo zaino Vampiro sul banco. Sistemò le sue cose con aria fintamente concentrata per non far vedere agli altri che stava ascoltando le loro conversazioni.

Adam sapeva che tutti lo trovavano strano. E sapeva anche il perché. Ma non era colpa sua se gli piacevano le storie horror. Sofia, sua sorella, continuava a dirgli che per risolvere tutti i suoi problemi doveva soltanto fare un piccolo sforzo e sembrare normale. Non era così difficile.

Sofia aveva tredici anni, e così tanti amici da riempire un'aula intera. Aveva una specie di dono: sapeva sempre cosa dire per rendersi simpatica e divertente. Adam, invece, era convinto di avere ricevuto una maledizione alla nascita, visto che era sempre solo. Bastava uno sguardo e tutti lo evitavano. Effettivamente sua sorella aveva ragione: Adam avrebbe potuto cambiare atteggiamento, ma non sapeva fingere.

Zombie
STORIA
GEOGRAFIA
MATEMATICA

E comunque non era così sicuro di volere amici che lo avrebbero accettato solo se avesse cambiato gusti e personalità.

Guardò lo zaino chiuso e sospirò di nuovo. Aveva temporeggiato il più possibile, ma l'ora di andare in piscina era arrivata. I suoi genitori insistevano sempre perché si iscrivesse alle attività pomeridiane: in passato aveva già frequentato per alcuni mesi tennis, violino, calcio, pittura e judo. Ogni volta era stato un disastro, ma loro continuavano a credere che doveva solo trovare "la cosa adatta a lui".

I genitori di Adam lo facevano per il suo bene. Pensavano che in un piccolo gruppo gli sarebbe stato più facile farsi degli amici. Verissimo, se da qualche parte fosse esistita un'Associazione per lo studio di mostri e morti viventi, ma purtroppo tale attività non era tra quelle proposte dalla scuola.

A volte Adam pensava di non essere in

grado di farsi degli amici. Era una cosa un po' triste, ma lui era fatto per leggere storie di paura in camera sua da solo, tutto qui.

Sospirò per la terza volta e si decise a raggiungere il gruppo di nuoto che stava aspettando l'insegnante di ginnastica in cortile. Non gli piaceva per niente nuotare. Sperava di convincere i suoi genitori a farlo smettere di lì a poche settimane.

* * *

Mezz'ora dopo Adam si trovava sul bordo della piscina, mentre la professoressa Arti faceva l'appello. Era la prof di ginnastica, ma durante le attività del doposcuola (allenava le squadre di nuoto, ping-pong e basket) si faceva chiamare "coach". Adam non capiva perché, ma al momento la cosa non gli interessava affatto perché aveva un gran freddo e la cuffia gli prudeva da morire. Però non aveva il coraggio di grattarsi la testa per paura che gli altri pensassero che avesse i pidocchi. Quella sì che sarebbe stata una gran figuraccia!

«Adam?» lo richiamò la prof Arti. «Che fai, dormi? Mettiti in fila! Dovete tuffarvi tutti».

Adam avvampò mentre un ragazzo con la cuffia viola, che nemmeno conosceva, ridacchiava. Gli capitava spesso di farsi rimproverare mentre sognava a occhi aperti, ma non sapeva come fare per perdere quella brutta abitudine.

I ragazzi davanti a lui si tuffarono nella vasca uno dopo l'altro. Quando arrivò il suo turno, qualcuno si mise a ridere, e Adam scivolò e cadde in acqua come un sacco di patate.

Bevve e gli andò l'acqua di traverso, e

tentando di risalire a galla sbatté contro la scaletta di metallo. Alla fine riuscì ad aggrapparsi ai pioli e cominciò a tossire. L'acqua aveva un sapore schifoso e gli faceva male la testa. Non capiva se lo avessero fatto cadere di proposito o se avesse semplicemente perso l'equilibrio. Con la fortuna che aveva, erano possibili entrambe le cose.

«Tutto bene?» chiese la prof Arti un po' preoccupata.

«Credo di sì» rispose Adam tra due colpi di tosse.

La prof lo aiutò a risalire sul bordo vasca e gli controllò accuratamente la testa dopo aver ordinato di stare zitti ai ragazzi che lo prendevano in giro.

«Ti verrà un bel bernoccolo» gli fece notare la prof. «Vuoi riposarti un po'?»

«Sì, grazie» rispose Adam.

«Va bene, siediti sul bordo della piscina».

La prof Arti tornò a occuparsi degli altri ragazzi e Adam rimase lì con le braccia penzoloni. Aveva freddo e non sapeva che cosa fare.

Si allontanò dalla vasca grande per sedersi sugli scalini piastrellati che portavano alle docce. Erano duri e gelati. Il nuoto era ancor peggio di quel che pensava.

Voleva tornare a casa. Venire in piscina era già una sofferenza, ma stare lì a tremare di freddo guardando gli altri che nuotavano e lo prendevano palesemente in giro era terribile.

Sì, sarebbe tornato a casa.

Sapeva bene di non poter andare via senza permesso, ma cominciava anche a non sopportare più quella cuffia che gli prudeva un sacco.

Si alzò piano piano. Dopo essersi accertato che nessuno lo stesse osservando, recuperò la chiave del suo armadietto e raggiunse gli spogliatoi. Si vestì in fretta e uscì dalla piscina comunale con il cuore in gola per paura di essere scoperto.

Ma tanto, peggio di così... Nella vita non gli succedeva mai niente di interessante: quello era il vero problema.

Capitolo due

Una volta uscito, si guardò attorno, poi prese la strada di casa cercando di non farsi notare. La zona pedonale del centro città era occupata da un mercatino delle pulci. Adam non fece caso alle bancarelle finché non passò davanti a quella di una vecchia signora con un vestito a fiori gialli. La donna gli sorrise fissandolo con i suoi occhi scuri che sprizzavano buonumore. Portava un largo cappello di paglia calato su un'enorme chioma rosso fuoco che le scendeva fino a metà schiena.

Adam rispose al sorriso e diede un'occhiata alla bancarella. La donna vendeva libri. Ma non

scarpe

libri qualsiasi! *Indovina chi viene a divorarti stasera?*; *La creatura del lavabo II: il ritorno*; *La carota demoniaca*... Ce n'erano a decine. Adam non aveva mai visto così tanti libri di paura messi insieme, tranne che nella libreria di camera sua!

Si fermò a esaminarli.

«Ti piacciono le storie da brivido, ragazzo?» chiese la vecchia signora.

«Certo» rispose lui senza esitazione.

Con la maglietta "Zombie più bello del mondo" era difficile affermare il contrario.

«Beh, si vede subito che sei un intenditore. I classici, li hai letti tutti, vero?» gli chiese la donna.

Adam fece spallucce.

«Credo di sì...»

Lei annuì e il cappello le si agitò in modo strano. Sembrava avesse una creatura vivente aggrappata ai capelli.

« Allora ho qui qualcosa che potrebbe interessarti ».

Si abbassò tanto che sopra il tavolo coperto di libri sbucava soltanto il cappello di paglia.

« Ma dove si sarà cacciato quel diavolo... Avrei giurato... Ah, eccolo qui! »

Si rialzò brandendo trionfante un libro grossissimo. Il titolo era scritto a lettere d'oro

su una copertina di pelle nera: *Le grandi storie horror*.

Mancava il nome dell'autore.

Incuriosito, Adam allungò subito la mano per prenderlo.

«Piano, ragazzo» disse la donna mettendo il libro fuori dalla sua portata. «È un libro molto antico. Raro. Direi quasi unico. Sei proprio sicuro di volerlo?»

Adam si sentì a disagio e abbassò lo sguardo. Sapeva che era troppo bello per essere vero: un volume così grosso e antico doveva costare tantissimo.

«Sì, ma ora non ho soldi. Nemmeno più tardi, in realtà» confessò dopo una pausa di silenzio.

«Fammi vedere cos'hai in tasca» chiese la donna inarcando un sopracciglio rosso.

Adam infilò la mano nella tasca dei jeans senza molte speranze. Non ricordava più cosa ci fosse dentro, ma non c'era alcuna possibilità di trovarci una mazzetta di banconote.

Un po' imbarazzato, tirò fuori uno spicchio d'aglio, una graffetta storta, una biglia *occhi di gatto* scheggiata e una moneta da due euro.

«Uno spicchio d'aglio?» domandò la donna osservando attentamente quelle cianfrusaglie che ora stavano in bella vista sulla bancarella.

«Per scacciare i vampiri» rispose d'istinto Adam.

Si aspettava che la donna lo prendesse in giro, ma lei annuì tutta seria.

«Sei molto previdente» disse. «La cosa più sicura è indossarne una collana per proteggersi la giugulare. È la vena preferita dai vampiri» aggiunse toccandosi il collo rugoso con il dito indice. «Se un vampiro ti morde in questo punto, non hai scampo».

Adam sorrise, incerto su cosa rispondere. Sapeva di non essere la persona più adatta

a criticare gli altri, ma la vecchia signora sembrava ancora più strana di lui.

«Vabbè, affare fatto!» esclamò d'un tratto la donna.

Prese la biglia, la graffetta e i due euro, e ficcò il libro tra le braccia di Adam.

«Cosa? Ma è proprio sicura?» fece lui stupito.

«Buona giornata, ragazzo!» lo salutò la donna. «E non dimenticare il tuo spicchio d'aglio!»

Prima di capire cosa fosse successo, Adam tornò a casa con l'enorme libro stretto a sé e lo spicchio d'aglio in tasca.

«Davvero curioso» mormorò.

Abbassò gli occhi verso la copertina nera e sorrise.

Che gli importava di averlo ottenuto in un modo così strano? Il libro sembrava fantastico!

Capitolo tre

Adam si chiuse la porta d'ingresso alle spalle. Prima di salire in camera si fermò in cucina per trangugiare un bicchiere di acqua frizzante e quattro cookie al cioccolato. Passando prese una testa d'aglio dal cesto della frutta e della verdura e andò in soggiorno a cercare la scatola del cucito di sua madre.

Nell'attimo in cui appoggiava il piede sul primo scalino il padre fece capolino dalla porta dello studio: « Adam, sei tu? » gli chiese. « Sei tornato presto. Com'è andato il corso di nuoto? Cosa ci fai con l'aglio? »

Ma agitò la mano prima che lui riuscisse a rispondere.

« Lascia perdere, preferisco non saperlo. Ne parliamo più tardi con la mamma » riprese il padre prima di sparire di nuovo nello studio.

« Va bene » disse Adam.

Appena entrato in camera, buttò la sua roba per terra. Poi appoggiò con estrema cura *Le grandi storie horror* sulla scrivania.

« Oscar? » chiamò. « Dove sei? »

Si chinò per cercarlo sotto la scrivania, poi sotto il letto. Rialzandosi notò il grosso coniglio bianco steso sul cuscino. O meglio, mezzo infilato *dentro* al cuscino.

« Oscar! Cos'hai combinato? »

Il coniglio continuò a fissarlo con gli occhi rossi, il didietro nascosto nel cuscino sfondato. Sembrava piuttosto fiero di sé. Adam pensò che, dal suo punto di vista, era senz'altro una tana molto ben riuscita. La trapunta era ricoperta di brandelli di tessuto e di imbottitura.

«La mamma ti ucciderà! Forza, scendi giù!»

Ma il coniglio non sembrava per nulla intimorito. Adam lo spinse delicatamente per farlo uscire dal cuscino. Oscar era un coniglio

di laboratorio. Lo aveva preso quattro anni prima la zia Margaret in un "raid". La zia era un'animalista militante, in altre parole organizzava petizioni, manifestava davanti ai luoghi dove maltrattavano gli animali, e spesso salvava le bestiole sfruttate per mostruosi esperimenti prima che venissero uccise.

Oscar aveva orecchie lunghissime e saltava molto in alto. Sofia ne aveva paura ma Adam la trovava una cosa stupida: i suoi occhi erano rossi, è vero, ma era molto più carino dell'orrendo cagnolino della dirimpettaia, che abbaiava di continuo e mordeva tutti i corrieri.

Oscar era il miglior amico di Adam.

Sofia avrebbe sicuramente detto il suo *unico* amico, in una di quelle giornate storte in cui gli rovesciava addosso un sacco di cose antipatiche.

Adam gli riempì di fieno la mangiatoia e si sedette sul pavimento con l'aglio, il cuscino e la scatola del cucito della mamma. Si mise a rammendare il buco. Non fece un gran lavoro, ma mettendo il cuscino a rovescio sua madre non si sarebbe accorta di niente. Doveva solo ricordarsi di cambiare la federa prima che lo facesse lei.

Poi separò a uno a uno gli spicchi dell'aglio che aveva preso in cucina. Li forò con un ago per far passare il filo. Chiuse la collana anti-vampiri con un nodo e se la mise al collo. Ora poteva dormire tranquillo: nessun succhiatore di sangue lo avrebbe morso nel sonno. Gli sembrò addirittura che la mummia sul poster appeso sopra la scrivania lo guardasse con aria di approvazione.

Diede un'occhiata alla sveglia a forma di tomba. Aveva ancora parecchio tempo per fare i compiti prima di cena. Troppo pigro anche per alzarsi, andò gattoni fino alla scrivania per prendere il librone nero.

Le grandi storie horror
Zombie + bello del mondo

«Hai visto cos'ho comprato?» disse rivolto a Oscar.

Il coniglio distolse gli occhi dalla mangiatoia per guardarlo. Poi, incuriosito, si avvicinò a piccoli balzi. A Oscar piacevano i libri quasi quanto a Adam... ma non per le stesse ragioni: forse era meglio dire che lui andava matto per la carta.

«Non lo smangiucchiare, mi raccomando!» disse Adam allontanandogli il volume dal muso. «È un libro raro!»

Lo aprì e saltò qualche pagina per arrivare alla prima parte, "Gli eroi della paura". Ma quando voltò pagina per cominciare a leggere, dal volume fuoriuscì una coltre di fumo nero che riempì la stanza attraversandola come un tornado. Adam lo richiuse e afferrò Oscar. Avrebbe voluto urlare o scappare via dalla camera, ma era come paralizzato.

Poi, all'improvviso, non vide più nulla.

Capitolo quattro

D'istinto Adam chiuse gli occhi. E quando li riaprì non era più in camera sua.

Si sfregò le palpebre con una mano e con l'altra strinse Oscar a sé. Si trovavano in una stanza molto umida con le pareti e il pavimento in pietra. Da un lato c'erano un letto e un comodino, dall'altro uno sgabello di legno sotto una finestra con i vetri a losanga, quelli che piacevano tanto a sua madre.

Il volume *Le grandi storie horror* era scomparso.

«Dove siamo?» chiese Adam a voce alta.

Si avvicinò alla finestra e l'aprì per

guardare fuori. C'era un profondo precipizio sormontato da un imponente muro di pietra. Si trovavano al secondo piano di una specie di castello. Oltre il precipizio si estendeva a perdita d'occhio un paesaggio selvatico, con foreste e pareti rocciose scavate da corsi d'acqua. Faceva un freddo glaciale.

«Questo posto mi ricorda qualcosa» bofonchiò tra sé e sé.

«Mi fa piacere, però se tu mi lasciassi andare sarebbe meglio. Riesco a camminare da solo. Tanto più che non hai un gran buon profumo, senza offesa».

Adam deglutì e abbassò gli occhi lentamente.

«Oscar?»

«Che c'è?»

«Sei... sei stato tu a parlare?»

«Vedi forse un altro coniglio qui in giro?» ribatté Oscar agitandosi. «E non scherzo mica per l'odore: inventi sempre qualche diavoleria, ma con la collana d'aglio hai toccato il fondo... »

Adam emise un gridolino e lasciò cadere Oscar. Il coniglio atterrò sul pavimento e prese a pulirsi il pelo con aria indignata.

« Scusami tanto » disse Adam « credo di aver appena realizzato che... stai parlando! »

« Già. E spero ti renderai conto che per farti perdonare ci vorrà un bel po' di uvetta. Mi stavi per rompere una zampa, barbaro che non sei altro »

« Mi dispiace » ripeté il ragazzo « ma da quando in qua sai parlare? »

« Bah, da sempre. Eri tu che non capivi. Almeno finora ».

Adam annuì. Che strana cosa. Forse era colpa del libro? In fondo il fumo era uscito proprio da quelle pagine.

« Sai dove ci troviamo? » chiese speranzoso.

Visto che era un coniglio parlante, forse aveva anche poteri magici o la scienza infusa.

«Vivo in camera tua da quattro anni. Prima ero chiuso dentro una gabbia poco più grande di me, in una stanza che puzzava di disinfettante. Per le informazioni turistiche rivolgiti altrove»

«Non fare l'antipatico» borbottò Adam. «Il problema è che dobbiamo uscire da qui e in fretta: i miei genitori andranno fuori di testa quando si accorgeranno che non sono più in casa. E poi questo posto è parecchio inquietante».

Lanciò un'ultima occhiata verso le pareti rocciose, poi aprì la porta della camera. Imboccò un lungo corridoio di pietra con Oscar che lo seguiva a piccoli balzi. Passò davanti a diverse porte, ma molte erano chiuse a chiave. Le altre davano su camere simili alla precedente.

Il castello era immenso! Immenso, freddo e buio.

Giunsero davanti a una grande scalinata e scesero fino al pianterreno.

Lì era tutto buio, non c'erano finestre. Adam aveva la strana sensazione di essere osservato, si voltò a più riprese ma non vide nessuno.

« Di' un po', Oscar, credi che ci stiano spiando? »

Il coniglio si mise in piedi sulle zampe posteriori e fece roteare le sue enormi orecchie come parabole in cerca di segnale.

«No. Perché?»

«Niente. Mi sarò sbagliato... Comunque è strano che non ci sia nessuno».

Dopo aver percorso un altro corridoio, giunsero davanti al gigantesco portone d'ingresso. Era chiuso con catene e grossi chiavistelli. Adam riuscì a toglierli, ma quando abbassò la maniglia si accorse che il portone era anche chiuso a chiave. Cercò invano attorno a sé qualcosa per forzare la serratura.

Bisognava arrendersi all'evidenza: erano prigionieri in un castello abbandonato!

Capitolo cinque

« Temo proprio che siamo in trappola » disse Oscar.

« Dobbiamo cercare aiuto. In un castello così grande qualcuno ci sarà »

« E cosa intendi dirgli? Che siamo entrati senza permesso? Ci prenderanno per ladri... E se chiamano la polizia? »

Adam non sapeva se risistemare le catene e i chiavistelli, ma alla fine li lasciò per terra. Quel posto non gli piaceva affatto: meglio che il portone si aprisse in fretta, una volta trovata la chiave.

« Basterà dire la verità » rispose infine.

«Ecco, così chiamano il manicomio» disse Oscar arricciando il naso.

Adam fece spallucce.

«Mi inventerò una scusa. Adesso la cosa più urgente è trovare qualcuno che ci faccia uscire da qui: viste le dimensioni del castello, ci vorranno ore».

Mentre Oscar balzava al suo fianco, lui tornò verso la scalinata per perlustrare i piani superiori a uno a uno. Guardando fuori dalla finestra aveva visto che ce n'erano almeno cinque, giganteschi.

«Non so perché, ma temo che qui non vivano umani simpatici» disse Oscar. «Più probabile che ci sia un tipaccio, un orco per esempio. O un macellaio specializzato in paté di coniglio».

«Non dire stupidaggini. È soltanto un vecchio castello» rispose Adam, anche se sotto sotto la pensava come lui. «Forse è la dimora di una famiglia appassionata di Medioevo, o di gente molto ricca».

Adam si chiedeva come mai facesse tanto freddo; eppure era primavera. Sentiva il rumore inquietante dei suoi passi risuonare nei corridoi deserti, e più andava avanti più il castello gli ricordava il set di un vecchio film horror. Mancava solo che sbucasse un fantasma con tanto di catene.

Si fermò a guardare fuori da una finestra. Il castello era circondato dal precipizio. Nessuna finestra si affacciava sul lato dell'ingresso, ma immaginava che ci fosse un ponte per attraversare il baratro.

«Ehi, guarda un po' là!» esclamò all'improvviso Oscar, appollaiato sul davanzale.

«Dove?» chiese Adam.

«Lassù!»

Adam si ricordò che i conigli possono

vedere molto in alto sopra la loro testa e alzò lo sguardo.

«Cosa? Ma... chi è?»

Due piani più su, un uomo stava uscendo da una finestra. Adam non riusciva a vederlo bene. Sembrava abbastanza giovane e indossava vestiti strani, come quelli che si vedono nei dipinti antichi. Con un piede in appoggio su uno strettissimo cornicione di pietra e i capelli scuri che ondeggiavano al vento, si accingeva ad avanzare lungo la parete. Rivolto contro il muro, continuò a camminare fino alla finestra successiva. Da lì entrò di nuovo nel castello.

«Ma chi sarà quel tizio?» chiese Adam. «Un pazzo, poteva ammazzarsi!»

Si grattò la testa e provò all'improvviso una strana sensazione di déjà-vu. Questa scena gli ricordava qualcosa, ma cosa? Evitò di battere con il piede a terra come durante le

verifiche, quando aveva la risposta sulla punta della lingua ma non se la ricordava. Di solito gli veniva in mente appena il professore aveva finito di ritirare i compiti in classe.

Questa volta sperava di non ricordarselo troppo tardi.

Scrollò la testa. Troppo tardi per cosa? Lui e Oscar non erano mica in pericolo... o sì?

«Cosa succede?» chiese il coniglio. «Hai la faccia di uno che ha trovato una lumaca sgranocchiando una foglia di lattuga»

«Sto pensando che dovrei riconoscere questo posto. È come se ci fossi già stato, ma non esattamente...»

«Intendi come quando fai un sogno strano, dove un unicorno viola si butta sull'ultima costa di sedano?» chiese Oscar.

Adam lo guardò storto.

«Ehm... no. Più come se l'avessi visto o letto da qualche parte»

« Vabbè, non restiamo qui impalati. Non abbiamo incrociato nessun altro, quindi dobbiamo seguire quell'umano ».

Adam annuì. Salirono al terzo piano cercando di raggiungere l'uomo.

Ma era impossibile! Riconobbero la finestra da dove era uscito, ma non c'era nessuna porta per accedere alla stanza in cui era entrato: l'unico modo per raggiungerlo era passare dall'esterno.

« Beh, almeno sappiamo perché si è messo a fare l'acrobata » disse Oscar. « Ci tocca fare altrettanto »

« Ma sei impazzito? Hai visto il cornicione? È strettissimo, i piedi non mi reggeranno mai lassù! » protestò Adam esaminando il bordo di pietra sul quale l'uomo aveva camminato per raggiungere la finestra successiva.

Oscar si grattò un orecchio.

« Non deve essere così difficile: le

lucertole vanno su e giù per le pareti. Sono animali stupidi, le lucertole. Almeno, a giudicare dalle conversazioni che fanno davanti alla tua camera».

Adam stava per mettersi a protestare, ma purtroppo non aveva un'idea migliore. Sospirò e si rimboccò le maniche.

Capitolo sei

« Moriremo di sicuro. Spero solo di riuscire a strozzarti prima di finire spiaccicato in fondo al precipizio! Ma perché ti ho dato ascolto, perché? » gemette Adam.

Con le dita infilate nelle fessure tra le pietre, avanzava un centimetro dopo l'altro sul cornicione percorso dall'uomo misterioso.

« Non guardare in basso, non guardare in basso » continuava a ripetersi.

Oscar stava appollaiato sulla sua spalla, perché il bordo di pietra era troppo stretto per le sue quattro zampe.

« Pesi un sacco » si lamentò Adam.

«Appena torniamo a casa ti metto a dieta: basta con tutte quelle carote!»

«Parla per te, pesi almeno otto volte più di me» ribatté il coniglio offeso. «E visto che non riesci a reggermi, cerca di sbrigarti!»

Il ragazzo non rispose. Aveva di nuovo la tremenda sensazione che ci fosse qualcuno alle sue spalle. Una creatura diversa dall'animale peloso con le orecchie lunghe che gli stava aggrappato addosso.

Qualcuno o qualcosa che stava per lanciarsi su di lui e farlo cadere.

Ma no, era impossibile: dietro c'era soltanto il vuoto. Chiuse gli occhi un istante, meglio non pensarci.

Proprio quando stava per raggiungere la seconda finestra, il piede gli scivolò dal cornicione. Per un pelo riuscì a non precipitare. Sentì il cuore che gli scoppiava in petto e lo stomaco salirgli in gola. Si aggrappò al davanzale della finestra con tutte le forze e si issò all'interno del castello. Una volta poggiati i piedi sul pavimento, diede un'occhiata al precipizio buio e profondo dal quale era appena scampato. Tremava tutto e faticava a respirare.

Quando riuscì a calmarsi, si girò per esplorare la stanza dov'era appena entrato. Di nuovo una camera deserta. Era più spaziosa delle altre, con un letto matrimoniale e un mucchio di monete d'oro ammassate a terra in un angolo. Adam si avvicinò e notò che erano coperte di polvere. Provenivano da diversi paesi, ma non ne riconosceva nessuna. Erano grosse e pesanti, come le antiche monete che si vedono nei musei.

Aveva paura. Per quanto ne sapeva, i tesori erano custoditi da draghi o altre creature magiche, e nessuno doveva avvicinarsi all'oro.

Ovviamente erano tutte favole. Nella vita vera soltanto un pericoloso criminale poteva tenere un mucchio d'oro in una camera da letto. Ma questo non lo rassicurava più di tanto.

Finì di esplorare la stanza. C'era una sola porta.

«Proviamo per di qua» disse.

Si sforzò di non pensare a cosa poteva succedere se l'uomo fosse stato davvero un malvivente e aprì la porta. Dopo tutto lui era soltanto un bambino, gli avrebbe promesso di non dire niente a nessuno del mucchio d'oro... Chissà se sarebbe bastato.

In fondo a un piccolo corridoio oscuro c'era una scala ripida. Scese gli scalini seguito da Oscar, reggendosi d'ambo i lati al corrimano per non ruzzolare giù nel buio. Si sforzava di respirare piano e di non fare rumore.

Giunsero a una strettoia che terminava su una porta socchiusa. Adam la spinse con cautela per vedere cosa li aspettasse dall'altra parte.

C'era un vasto salone con un forte odore di cantina. Decine di casse di legno chiuse erano sparse un po' ovunque e, in fondo alla stanza, in piedi contro la parete, c'era una bara aperta. Conteneva uno spesso strato di terra sul quale era sdraiato un uomo. Aveva i capelli grigi, un folto paio di baffi e la pelle cerea. Stava immobile con gli occhi chiusi, eppure non sembrava morto. Forse addormentato. Ma chi mai potrebbe dormire in una bara, se non...

« Un vampiro » sussurrò Adam.

Fu interrotto da un rumore. L'uomo con i capelli scuri che avevano visto passare dalla finestra si stava avvicinando con prudenza alla bara. Era di spalle.

Prima di farsi scoprire, Adam afferrò Oscar

e tornò rapidamente nella camera con le monete d'oro.

«Cosa ti prende?» domandò Oscar con aria scocciata. «Potevamo chiedergli la strada!»

«Con un vampiro nella stanza?» mormorò Adam. «Non so come sia possibile, ma mi è venuto in mente cosa mi ricorda tutto ciò. Il castello, il tizio che cammina sul cornicione di pietra, la camera con le monete d'oro e il vampiro nella cripta... Tutte queste cose sono in *Dracula*.»

«Che cosa? Intendi il libro?»

Adam annuì e si mise a riflettere camminando su e giù.

«L'uomo con i baffoni nella bara è spiccicato al Dracula descritto da Bram Stoker nel suo romanzo. In realtà tutto corrisponde esattamente al libro! Peraltro è piuttosto logico. Insomma, in un certo senso» aggiunse davanti allo sguardo scettico del coniglio.

«Siamo arrivati qui dopo aver aperto *Le grandi storie horror*... e all'interno c'era sicuramente *Dracula*. Dopo tutto è la storia di vampiri più famosa del mondo».

Oscar si guardò attorno nervoso.

«Allora non dobbiamo restare qui. Non ho mica voglia di finire nello spremiagrumi... pardon conigli, perché un vecchio vampiro si beva il mio sangue come fosse succo di coniglio!»

Adam agitò una mano.

«Non c'è pericolo. Non siamo soltanto nel castello del conte Dracula: siamo dentro *la storia*. In questa scena è giorno, quindi Dracula sta dormendo. I vampiri si svegliano solo di notte» spiegò. «E, comunque sia, sta per lasciare il castello con i suoi servi zigani. Ha dato loro ordine di trasportarlo su un battello in partenza per l'Inghilterra»

«Come mai vuole andare in Inghilterra?»

Adam fece spallucce.

« Si è comprato una casa. Non ricordo bene, l'ho letto più di un anno fa... Forse aveva voglia di assaggiare sangue inglese? »

« E chi era il tizio che abbiamo visto di sotto, quello che è passato dalla finestra? »

« Jonathan Harker, il protagonista. È un inglese prigioniero di Dracula. Se non ricordo male, sta cercando la chiave del portone d'ingresso per fuggire. Sì, esatto! » esclamò d'un tratto Adam facendo mente locale. « Infatti è passato dalla finestra perché non può uscire dal castello, e gli appartamenti di Dracula sono accessibili solo dall'esterno. Come vedi, in questa camera c'è un'unica porta, quella che abbiamo appena varcato e che conduce al posto in cui Dracula conserva la sua bara »

« E Dracula come fa per andare a letto? Passa ogni volta dalla finestra? Non è molto comodo... »

«È un vampiro. Può trasformarsi in pipistrello e volare. In poche parole, Jonathan Harker voleva rubare la chiave del portone d'ingresso e fuggire mentre Dracula dormiva. Per questo è venuto qui»

«E nel libro la trova?»

Adam rifletté con le sopracciglia aggrottate.

«No, non so neppure come riesca a uscire dal castello. Il suo diario si ferma alla scena che abbiamo appena visto. Poi, alcune settimane dopo, la sua fidanzata lo raggiunge in una specie di ospedale»

«Che fregatura!» esclamò Oscar. «E perché parli di un diario?»

Il coniglio sembrava sempre più disorientato. Ma era normale: Adam sapeva che Oscar non leggeva i libri, se li mangiava!

«*Dracula* è un romanzo epistolare» spiegò Adam.

«Ah, già» rispose Oscar. «E cosa vuol dire?» aggiunse dopo una pausa.

«Beh, sai, è quando una storia viene raccontata attraverso delle lettere. In *Dracula* Jonathan scrive un diario per farlo poi leggere alla fidanzata. Così sappiamo tutto quello che succede nel castello. Nel resto del romanzo ci sono diari e lettere di altri personaggi».

Oscar annuì. Le sue lunghe orecchie bianche si agitarono in modo piuttosto buffo e Adam dovette trattenere una risata per non offenderlo.

«Capisco... ma questo non ci aiuta affatto!» esclamò il coniglio. «A cosa serve aver letto il romanzo se non sappiamo come uscire da qui?»

«Ehi, non è mica colpa mia» protestò Adam. «Almeno sappiamo che Dracula dorme e che tra poco non sarà più nel castello. Questa è una buona notizia»

«E qual è quella cattiva?»

«Che siamo bloccati in un castello nella Transilvania del XIX secolo».

Uno schianto fece sussultare Oscar.

«Che cos'era?»

«Credo che la bara di Dracula sia stata portata via dalla servitù. In cantina c'è una porta che dà sull'esterno. In teoria Jonathan Harker si è nascosto quando ha sentito arrivare i servi, ma questi hanno chiuso a chiave la porta dopo essere passati e così lui non è riuscito a uscire. Tra poco dovremmo vederlo risalire» rispose Adam.

«Beh, allora aspettiamo. A quanto dici, prima o poi uscirà dal castello, quindi ci basta seguirlo».

«Sì... Cioè, presumo di sì» rispose Adam udendo i passi per le scale. «Ma anche se riuscissimo a lasciare il castello, dove andremmo?» chiese in preda al panico. «Non è il nostro mondo. Non credi che sarebbe meglio ritrovare il libro? Se ci ha portati qui, deve farci tornare a casa»

«Ma quando siamo arrivati il libro non c'era. Cosa ti fa pensare che sia nel castello? In più non ho una gran voglia di restare qui. Questo posto è così lugubre» rispose Oscar.

All'improvviso Adam impallidì.

«Hai ragione, e in più mi è venuto in mente che ci sono altri vampiri nel castello»

«Cosa?!» esclamò Oscar.

«Dracula se n'è andato, ma lui abita con tre donne vampiro che nel romanzo uccidono i bambini. Gli ha promesso che dopo la sua partenza potranno bere anche il sangue di Jonathan»

«Ah, adesso sì che sto tranquillo» disse Oscar. «Questo spiega perché il tuo amico Jonathan ha così tanta fretta di andarsene. MORIREMO TUTTI!»

Adam non sapeva cosa rispondere. Con il cuore in gola aspettò che Jonathan Harker entrasse nella stanza.

Lui almeno non li avrebbe morsicati!

Improvvisamente gli venne da piangere al pensiero che lui e Oscar forse non sarebbero tornati a casa mai più, ma si trattenne. Cosa avrebbero detto i suoi genitori trovando la sua camera vuota? Avrebbero dato via la collezione di statuine zombie o permesso a Sofia di venderla on-line?

Chissà se sarebbero stati tristi.

La sua non era la vita più bella del mondo, ma era la sua. Gli piaceva la sua camera, la serie completa di *Paura* in trentotto tomi, e poi voleva bene ai suoi genitori.

Non aveva nessuna intenzione di vivere nella Romania del XIX secolo. Tantomeno nella Romania di *Dracula* infestata dai vampiri!

Capitolo sette

La porta della stanza si spalancò di colpo. Adam, a bocca aperta, si ritrovò di fronte Jonathan Harker. A prima vista quell'uomo bruno con la carnagione pallida non aveva nulla di speciale. Ma Adam sapeva di trovarsi davanti all'eroe di uno dei più grandi libri horror di tutti i tempi. L'uomo che uccideva Dracula! Si sentiva come un fan che incontra il suo attore o cantante preferito.

«Santi numi, che ci fai qui, povero disgraziato?» chiese l'uomo non appena lo vide.

Lanciò poi un'occhiata a Oscar e sul suo

viso comparve un'espressione sconcertata. Adam non se la prese. Incontrare un ragazzo di undici anni e un grosso coniglio albino nel castello di Dracula era davvero strano, non poteva negarlo.

«Vorrei uscire di qui, lei può aiutarmi?» chiese Adam.

«Quel mostro ha catturato anche te? Come hai fatto a entrare qua dentro?»

«L'ho vista passare dalla finestra, e così l'ho seguita» spiegò Adam. «Speravo che mi potesse aiutare a uscire da qui»

«Povero ragazzo, il conte ha lasciato il castello e il portone è chiuso a chiave. Siamo prigionieri, e quando calerà la notte... temo che le donne diaboliche che abitano in questi luoghi verranno a succhiarci il sangue».

All'improvviso Adam ebbe una gran paura. Jonathan Harker doveva pur avere un piano visto che nel romanzo riusciva a scappare!

«Ma lei deve avere un'idea! Non possiamo restare qui ad aspettare che le donne vampiro ci salassino a morte!» esclamò Oscar.

Jonathan sgranò gli occhi.

«Il coniglio ha parlato?»

« Ah, già, è vero » disse Adam. « La situazione è talmente assurda... quasi dimenticavo che i conigli non parlano... Insomma, è una lunga storia. Non si preoccupi, Oscar è molto gentile, non morde nemmeno quando gli toccano la coda ».

Oscar si sedette con l'aria offesa.

« A nessun coniglio piace che gli si tocchi il pompon. È una cosa personale » replicò.

Jonathan alzò le mani in segno di resa.

« Lasciamo stare. Preferisco non sapere nulla ».

Per un attimo Adam ebbe l'impressione che Jonathan Harker somigliasse a suo padre, e gli venne da piangere. Voleva assolutamente rivedere i suoi genitori. Era disposto ad andare in piscina tutti i giorni se fosse stato necessario!

Jonathan si avvicinò alla finestra e guardò a lungo fuori.

«C'è una sola strada praticabile» disse puntando l'indice destro verso il burrone.

«Cioè scendere giù per la parete, tipo sport estremo?» chiese Adam incredulo.

«Donne vampiro» gli ricordò Oscar.

«Se la metti così...» bofonchiò Adam. «Ma siamo al terzo piano! È altissimo, prima di raggiungere terra mi cederanno le braccia di sicuro».

Si voltò di nuovo con la sensazione di essere osservato, come quando qualcuno ti fissa e senti un pizzicorino sulla nuca. Ma a parte Jonathan e Oscar non c'era nessuno.

Se l'era immaginato. Solo immaginato.

Ma aveva comunque una gran paura.

Jonathan si rimboccò le maniche.

«Infatti è meglio tornare alla scalinata. Al pianoterra non ci sono finestre ma possiamo provare a passare dal primo piano. È meno rischioso, anche se non vi nascondo che le possibilità di uscirne vivi sono davvero poche».

Adam rabbrividì pensando al cornicione di pietra sul quale avrebbe dovuto camminare di nuovo per uscire dall'appartamento di Dracula. Cercò di non pensare alla discesa che li aspettava dopo. A scuola, nell'ora di ginnastica, non era neppure in grado di salire con la corda: sarebbe morto di sicuro!

«Vabbè, credo di non avere altra scelta» bofonchiò, cercando di nascondere la paura.

Si sistemò Oscar sulla spalla e aspettò che il coniglio si mettesse comodo.

Prima di scavalcare il davanzale Jonathan Harker lo osservò un momento con aria preoccupata.

«Non vorrei sembrare sgarbato, lei è un ragazzo davvero singolare».

Adam abbassò gli occhi sulla sua maglietta "Zombie più bello del mondo", sui jeans, sulle scarpe da ginnastica e... su Oscar. Sorrise, un po' a disagio. Impossibile spiegare a Jonathan che lui proveniva dal XXI secolo. Dalla *vera vita* nel XXI secolo.

« Andiamo » disse « preferisco non attardarmi in questo castello ».

Capitolo otto

Jonathan passò per primo. Adam lo seguì con Oscar camminando lentamente sul cornicione. Il vento forte e gelido gli agitava la maglietta e i capelli neri.

Quando entrò di nuovo nel castello, Adam tirò un sospiro di sollievo. Con i piedi ben piantati sul pavimento del corridoio, si appoggiò un momento contro la parete, mentre Jonathan si risistemava i vestiti: incastrato nella cintura, un libro con la copertina di pelle, probabilmente il suo famoso diario.

Purtroppo camminare sul cornicione di pietra era stata la parte più facile. Ora dovevano calarsi dal primo piano lungo il muro e rischiavano di scivolare... E se fossero caduti, sarebbero morti.

Adam sbatté le palpebre. Il corridoio gli sembrava sempre più buio. All'improvviso guardò fuori dalla finestra: stava calando la notte a una velocità tale che il cielo si oscurava ogni secondo di più.

«Che ore sono?» chiese a Jonathan.

«Non saprei. Di certo siamo a fine mattinata» rispose Harker. «Non ci sono orologi qui»

«Ma se è mezzogiorno, perché fa quasi buio?» chiese il ragazzo con voce strozzata.

Non voleva ritrovarsi nel castello immerso nelle tenebre. Anche se Dracula se n'era andato, quel posto era comunque spaventoso. E se fosse calata la notte... si sarebbero svegliate le donne vampiro.

«Ma come?» esclamò Harker

raggiungendolo davanti alla finestra.
«Impossibile, mancano molte ore al tramonto! Che diavoleria è mai questa?»

Adam si girò di scatto. La sensazione di essere osservato era sempre più forte. Fuori

i lupi si misero a ululare alla luna, ed era il suono più lugubre che lui avesse mai sentito.

«Ci mancava solo questa!» esclamò Oscar. «I lupi! I lupi mangiano i conigli!»

Adam annuì senza prestargli troppa attenzione. Aveva appena notato una grossa nuvola di polvere che mulinava nell'aria. La polvere sempre più densa cominciava a prendere forma... Nel romanzo apparivano proprio così...

«Le donne vampiro! Stanno arrivando!» esclamò. «Scappate!»

Si precipitò fuori dalla stanza, seguito da Jonathan e Oscar.

Prima di chiudere la porta fece appena in tempo a vedere materializzarsi tre donne di una bellezza incredibile, con labbra rosse e denti aguzzi.

Percorsero il corridoio a gambe levate.

«Inutile nascondersi, ci troveranno

ovunque. L'unica possibilità è raggiungere una finestra del primo piano e tentare la discesa» disse Jonathan.

«E se ci inseguono?» chiese Adam preoccupato.

«Non le ho mai viste uscire dal castello. Il conte ha sempre portato le sue vittime all'interno... Con un pizzico di fortuna dovremmo scamparla».

Adam si sentì torcere le budella dal terrore. In effetti nel romanzo le donne vampiro non uscivano dal castello. Ma nulla provava che non fossero in grado di farlo.

«Con un pizzico di fortuna» ripeté ansimante. «Perfetto».

Non era particolarmente sportivo e la paura gli toglieva il respiro. Aveva un nodo in gola grosso come una palla da tennis e il cuore gli batteva all'impazzata come se stesse per schizzargli fuori dal petto.

Finalmente videro la scalinata. Ma quando erano ormai vicini, da una finestra del corridoio spuntò una sagoma nera che sbarrò loro la strada. Si fermarono di colpo.

«Ma che cos'è?» chiese Adam.

Faceva così buio che riusciva a malapena a vedersi la punta delle scarpe, figuriamoci quello che gli stava davanti. Sentiva un rumore di ali che sbattevano: *flip flap, flip flap, flip flap*.

In quel momento gli fu tutto chiaro. Nel romanzo il conte controllava i lupi e poteva trasformarsi in pipistrello: Dracula era tornato nella sua dimora.

«È Dracula! È calata la notte, quindi il conte si è svegliato ed è tornato!» gridò mentre i lupi ululavano sempre più forte.

Come salvarsi ora?

Sentì una risata acuta alle sue spalle. Le donne vampiro! La paura gli tolse il fiato:

proseguendo sarebbero caduti nelle grinfie del conte, invece se tornavano sui loro passi, sarebbero finiti tra le zanne delle tre donne vampiro.

Non c'era via di scampo.

Capitolo nove

«Non capisco cosa stia succedendo» disse Adam preso dal panico. «Il romanzo non è così: Dracula dovrebbe essere in viaggio per andare a prendere il battello che lo porterà in Inghilterra, le donne vampiro dovrebbero dormire e... Ma perché si è fatta notte?»

«Che vai dicendo?» chiese Jonathan perplesso. «Quale romanzo?»

«No, niente» bofonchiò Adam.

Non era il momento di spiegare a Jonathan che era il personaggio di un romanzo. In ogni caso lui non gli avrebbe creduto. Adam indicò una finestra che si trovava tra loro e Dracula.

« Dobbiamo passare da lì » sussurrò a Jonathan, cercando di non guardarsi alle spalle mentre il vampiro prendeva forma.

Sapeva che le donne vampiro erano dietro di lui. Sapeva anche che nel romanzo non attaccavano mai in presenza di Dracula. Immaginava che il conte, essendo il padrone del castello, avesse il diritto di bere per primo il sangue delle vittime.

L'idea non lo tranquillizzava affatto, e in più continuava a sentirsi osservato. Da qualcuno che non era né davanti a lui, né dietro di lui. Da un essere invisibile che gli voleva male.

« Qui è troppo alto » rispose Jonathan. « Dal terzo piano è decisamente troppo pericoloso »

« Non abbiamo altra scelta » replicò il ragazzo.

Adesso, davanti alla scalinata, c'era

un'imponente sagoma scura. Una forma umana: Dracula era pronto ad attaccare.

« Vada prima lei, io la seguo » aggiunse Adam.

L'idea di passare da quella finestra gli gelava il sangue nelle vene. Preferiva che Jonathan stesse davanti a lui: era un adulto, gli avrebbe indicato a quale pietra aggrapparsi e dove poggiare i piedi. Se lo avesse seguito, tutto sarebbe andato bene. Almeno così sperava.

Jonathan esitò.

« Non c'è più tempo » ringhiò Adam tra i denti.

Forse era soltanto la sua immaginazione, ma gli sembrava di sentire le donne vampiro alle sue spalle (i corpi freddi, le unghie acuminate, i denti lunghi...).

« Ora! » gridò Adam.

Jonathan scattò verso la finestra e l'aprì.

La varcò appena in tempo, proprio quando Dracula usciva dall'ombra, illuminato dal debole chiarore della luna. Il vampiro non sembrava avere alcuna fretta.

Adam aveva la terribile percezione che Dracula sapesse di poterli raggiungere facilmente in qualunque momento.

« Siamo spacciati! » mormorò Oscar. « Non riusciremo mai a raggiungere la finestra ».

Adam tentò di mettersi a correre. Ma qualcosa glielo impediva. Qualcosa di freddo che lo teneva per la maglia.

« Dove vai? Non vuoi divertirti un po' con noi? » chiese una voce di donna.

Si bloccò. Sentì un oggetto appuntito (un'unghia? un artiglio?) sulla nuca.

« Non restare lì impalato! Sbrigati! » gridò Oscar.

Adam ebbe la sensazione di svegliarsi all'improvviso. Perché rimaneva immobile, come un topo che aspetta di essere divorato dal serpente? Si divincolò con tutte le sue forze e si buttò in avanti con tutto il suo peso. La maglietta gli si strappò con un rumore tremendo. Senza pensarci due volte Adam si precipitò verso Dracula. Arrivato davanti a lui, si buttò a terra e gli passò tra le gambe. Oscar lo seguì lanciando un grido di guerra.

Il ragazzo continuò ad avanzare strisciando. Doveva raggiungere la scalinata e trovare una finestra per scendere lungo il muro e raggiungere Jonathan di sotto. Sperando che non lo beccassero né i vampiri né i lupi, che nel frattempo lanciavano lugubri ululati nel buio.

La scalinata era proprio lì, davanti a lui. Si rialzò. Ma appena mise i piedi per terra una mano gli afferrò il braccio. Lo strattonò indietro così forte da fargli fare un volo. Adam si schiantò sul pavimento, sbucciandosi

mani e ginocchia. Tentò di farsi più pesante possibile, ma il vampiro lo sollevò come se niente fosse.

"È la fine" pensò. "Morirò ucciso da Dracula nel suo castello in Transilvania".

Se non avesse avuto così tanta paura, quella situazione gli sarebbe sembrata quasi eccitante: era il vero protagonista di una storia horror!

Il vampiro lo rigirò e ora Adam si trovava abbastanza vicino da scorgere il viso del conte: aveva sopracciglia cespugliose che quasi si toccavano e un enorme paio di baffi grigi. I suoi vestiti neri si confondevano col buio della notte.

«Chi sei?» sibilò Dracula.

Le labbra rosse scoprirono un paio di canini bianchi e aguzzi. Adam ingoiò la saliva con difficoltà.

«Rispondi! Come sei entrato?» insistette il conte scuotendolo così forte che Adam si sentì le ossa cozzare le une contro le altre.

«Non lo so. Le giuro che sono arrivato qui per sbaglio» rispose Adam.

La mano di Dracula gli strinse il collo e le unghie appuntite gli si conficcarono nella pelle. Il vampiro era freddo come un cadavere e l'alito gli puzzava di marcio. Di morte. Il conte si chinò su di lui.

«Se così fosse, sei davvero sfortunato, mio giovane amico. Perché non lascerai mai più questo posto» gli sussurrò all'orecchio.

Adam era così terrorizzato che non riusciva più a respirare. Agitava le gambe nel vuoto, sempre più piano, e dei pallini neri cominciavano ad apparirgli davanti agli occhi. Capì che stava per svenire. Doveva pensare a come salvarsi, ma non ne era più capace. Presto! Tra pochi secondi Dracula lo avrebbe morso e gli avrebbe succhiato il sangue fino a farlo morire!

« Per favore, non mi faccia del male » disse con voce tremante. « Sono sempre stato un suo fan. Soprattutto in *Dracula, morto e contento...* »

All'improvviso Dracula lanciò un grido di dolore. Oscar era balzato su di lui e lo aveva addentato. Il coniglio stringeva coi denti la mano del vampiro, che lo scaraventò via allargando il braccio. Oscar volò giù dalla finestra aperta.

« No! Oscar! » gridò Adam.

Con gli occhi pieni di lacrime il ragazzo si divincolò, cercando di sfuggire alla terribile presa del conte. Questi gli strinse il collo ancora più forte per obbligarlo ad alzare il mento, quindi spalancò la bocca. I due canini bianchi brillarono paurosamente nel buio.

Dracula stava per morderlo!

Adam e Oscar avrebbero perso la vita in questo romanzo e non sarebbero tornati a casa mai più!

Capitolo dieci

Il conte avvicinò i denti aguzzi al collo di Adam. Ma nel momento in cui il ragazzo chiudeva gli occhi rassegnato a morire, Dracula lanciò un grido di disgusto e mollò la presa.

« Aglio! » esclamò indietreggiando.

Adam si era dimenticato che indossava la collana!

Riprese la sua corsa mentre il conte era ancora stordito e scese giù per le scale. Percorse il corridoio del secondo piano ed entrò in una stanza a caso. Non poteva sfuggirgli a lungo. E la discesa lungo la parete era improponibile... Era tutto indolenzito e faticava a respirare, anche se non capiva se fosse per il panico o per la mano di Dracula che sentiva ancora stretta attorno alla gola. Non c'era più nemmeno Oscar a incoraggiarlo.

Tirò su col naso e si asciugò gli occhi pieni di lacrime, poi pensò a un modo per sbarrare la porta. Spinse un tavolo davanti all'uscio per ritardare l'arrivo di Dracula. Forse non sarebbe bastato, ma era meglio di niente.

Il chiarore della luna illuminava a malapena la stanza, ma Adam riuscì a scorgere un turbinio di polvere davanti alla finestra.

Le donne vampiro! Preso dal panico, non aveva pensato che potessero passare da sotto la porta.

La finestra era la sua unica via d'uscita. La aprì e scavalcò il davanzale, cercando di non guardare in basso. Ma mentre si apprestava a girarsi per iniziare la discesa, ci fu uno schianto terribile.

Dracula aveva divelto la porta dai cardini.

Furibondo, il conte attraversò la stanza in un lampo. Agguantò Adam e lo sollevò di nuovo. Il ragazzo cercò disperatamente un modo per scappare, ma anche se fosse riuscito a liberarsi dalla presa, le donne vampiro lo avrebbero catturato immediatamente. L'odore di aglio respingeva i vampiri, ma non sarebbe bastato. La prima volta il conte era stato preso alla sprovvista, ma ora che sapeva della collana, gli sarebbe bastato spezzare il filo senza toccare gli spicchi. E se ci aveva pensato Adam, senza dubbio lo avrebbe potuto pensare anche Dracula.

All'improvviso Adam ebbe un'idea. Era un'idea completamente folle, ma nelle storie di paura non erano forse quelle che funzionavano meglio?

A ogni modo non aveva niente da perdere... Strappò uno spicchio d'aglio dalla

collana e, mentre Dracula gli passava una mano dietro il collo, avvicinò l'aglio al viso del vampiro e glielo cacciò in bocca.

Dracula restò di stucco. Ebbe un singulto e aggrottò le folte sopracciglia. Adam alzò la gamba e gli assestò un calcio sul ginocchio. Il vampiro lo lasciò e Adam si buttò di lato per scappare.

Dracula barcollava come un ubriaco. Vicino a lui le tre donne vampiro cominciarono a tremolare come l'immagine di uno schermo televisivo regolato male. Poi di colpo i quattro vampiri scomparvero in una nube di fumo nero.

Con il cuore che batteva all'impazzata, Adam aspettò di capire se si trattasse di una trappola. Per quanto ne sapeva l'aglio non uccideva i vampiri, bisognava conficcargli un palo nel cuore. Aveva solo sperato di nausearlo. Ma né lui né le donne vampiro rispuntarono fuori.

All'improvviso il fumo scomparve. Il cielo si aprì e tornò il sole.

Adam sbatté le palpebre e si mise una mano davanti agli occhi per abituarsi alla luce. Allora notò il silenzio: i lupi avevano smesso di ululare.

Si asciugò il viso madido di sudore. Doveva raggiungere Jonathan Harker. Pensando a

Oscar gli occhi gli si riempirono di lacrime, ma non era il momento di piangere. Prima doveva trovare il modo di tornare a casa.

Mentre camminava, urtò con il piede contro un oggetto che fece un rumore metallico sul pavimento. Era una grossa chiave arrugginita. Probabilmente era caduta a Dracula quando si era dissolto.

La raccolse. In quel momento si rese conto che un'altra cosa era cambiata: non aveva più la sensazione di essere osservato, come se fosse svanita la presenza malefica che avvertiva da quando era giunto al castello.

Capitolo undici

Era la chiave del portone d'ingresso. Adam ne era certo, chissà perché. Corse fuori dalla stanza, raggiunse la finestra da dove era scappato Jonathan per vedere se stesse ancora calandosi giù nel burrone.

La finestra dalla quale Dracula aveva lanciato Oscar verso una morte certa.

In fondo in fondo Adam sperava di ritrovare ai piedi del castello il coniglio che masticava denti di leone, pur sapendo che era impossibile: nessun essere vivente sarebbe sopravvissuto a una simile caduta. Tanto meno un coniglio di tre chili e mezzo.

Sporgendosi all'esterno Adam si ritrovò faccia a faccia con Jonathan. Lanciò un grido di sorpresa e indietreggiò.

«Jonathan? Che ci fa lei qui?»

«Non potevo scappare senza di te, mio giovane amico» disse Jonathan. «Volevo assalire il conte di sorpresa mentre ti rincorreva, ma avevo le mani occupate e non sono riuscito a risalire»

«Sì, infatti, sto soffocando!» urlò una voce.

Adam abbassò gli occhi e vide Oscar incastrato sotto il braccio di Jonathan.

«Oscar!» esclamò Adam.

«Prendilo... Se mi muovo rischio di farlo cadere» disse Jonathan.

Adam afferrò velocemente il coniglio e lo riportò nel corridoio. Provò un tale sollievo nel vederlo vivo che le gambe gli facevano giacomo giacomo.

« Era ora! » sbottò Oscar. « Non mi avevano mai trattato così male! »

Adam lo strinse a sé e, nonostante le proteste, gli fece tante coccole prima di posarlo per terra.

« Lasciami, che vergogna » si lamentò l'animale. « Per mille topinambur, stai piangendo? »

« No » mentì il ragazzo tirando su col naso.

« Quando è volato dalla finestra, la fortuna ha voluto che mi finisse addosso » spiegò Jonathan issandosi nel corridoio. « Sono riuscito ad acchiapparlo per un soffio... »

« Questo selvaggio mi ha preso per le orecchie » si lagnò Oscar. « Ha rischiato di spezzarmi il collo come un ramo secco. Le orecchie non si toccano! » disse girandosi verso l'uomo.

« Mi dispiace, non lo sapevo » si scusò Jonathan. « Non sono avvezzo agli animali »

« Beh, si vede. Tanto per cominciare non sono un animale, sono un coniglio » protestò Oscar. « Tu non devi essere un umano molto furbo. Non per niente ti sei fatto catturare da Dracula, o sbaglio? »

«Niente affatto» protestò Jonathan. «Il conte Dracula è uno dei miei clienti. Sono stato mandato da Londra per recapitargli alcuni documenti riguardo a una dimora che desiderava acquistare in Inghilterra. Ma giunto qui, il conte Dracula mi ha rinchiuso nel castello! Mi ha risparmiato, Dio solo sa per quale oscuro motivo... Credo si stesse annoiando. Tuttavia ha autorizzato le donne vampiro a uccidermi non appena fosse partito»

«Poco simpatico da parte sua» commentò il coniglio.

«In effetti» rispose Jonathan. «Ma cos'è accaduto? All'improvviso si è fatto di nuovo giorno... Dov'è Dracula?»

«Non saprei» disse Adam. «Avevo addosso dell'aglio e gliene ho messo in bocca uno spicchio»

«Aglio? In bocca?»

Jonathan non sapeva se essere più stupito

per il fatto che un ragazzino andasse in giro con dell'aglio addosso o che fosse riuscito a infilarlo nella bocca di un vampiro sanguinario.

«Esatto. Subito dopo Dracula e le tre donne vampiro si sono trasformate in fumo nero ed è tornato il sole...»

«Il conte è morto?» chiese Jonathan.

Adam scrollò la testa.

«Non credo... Sarebbe curioso. Di fatto non c'è niente che coincida con la storia. Quasi quasi mi chiedo se fosse davvero Dracula...»

Ma tutto ciò non aveva senso. Il mostro che lui aveva visto assomigliava a Dracula. Dopo tutto nel romanzo nessuno tentava di far mangiare dell'aglio al vampiro, quindi forse questo era sufficiente per ucciderlo o trasformarlo in fumo... E poi, come mai era tornato il giorno e perché le donne vampiro erano scomparse?

«Non capisco cosa intendi dire» disse

lentamente Jonathan. « A ogni buon conto, non c'è tempo per discutere. Dobbiamo uscire di qui alla svelta »

« Ah, dimenticavo! » Adam impugnò la chiave raccolta poco prima. « È caduta a Dracula. Penso che apra il portone d'ingresso ».

Jonathan sorrise.

« Incredibile. Non so come avrei fatto senza di te. Sei un ragazzo pieno di risorse ».

Adam arrossì. Di rado gli facevano così tanti complimenti.

« Andiamo » disse.

Il castello continuava a non piacergli: scuro, umido, freddo e decisamente spaventoso. Ma senza quella presenza malefica si sentiva meno a disagio. Forse era stato soltanto Dracula a spiarli fin dall'inizio.

Raggiunsero l'ingresso. Al momento di introdurre la chiave nella serratura Adam trattenne il respiro.

Il portone si aprì. Uscirono in una piccola corte e Jonathan si abbandonò a una risata di sollievo. Alzò le braccia al cielo.

«Finalmente libero!» disse.

Con quel brusco movimento il diario rilegato in pelle si sfilò dalla cintura cadendo a terra. Il mitico diario nel quale Jonathan Harker raccontava le sue avventure... Adam avrebbe dato qualunque cosa per aggiungerlo alla sua collezione!

Si chinò e lo raccolse. Ma non appena lo sfiorò, dal libro si sprigionò un denso fumo nero.

«Basta! Cosa succede ancora?» chiese Oscar balzando sulle spalle di Adam.

Il fumo li avvolse in un vortice.

«Che accade?» chiese Jonathan con una voce che all'improvviso si era fatta lontana. «Non vedo più nulla»

«Non lo so. Forse stiamo andando via!» gridò Adam. «Arrivederci, Jonathan!»

Tutto ridivenne buio.

Quando il fumo si dissolse, lui e Oscar erano tornati nella camera da letto di casa.

Jonathan Harker era scomparso. E una vecchia signora con la chioma rossa e un largo cappello di paglia se ne stava seduta alla scrivania di Adam con il libro *Le grandi storie horror* sulle ginocchia.

Capitolo dodici

« Lei! » esclamò Adam puntando un dito accusatore sulla donna. « Cosa ci fa in camera mia? Mi... mi ha venduto un libro stregato o non so cosa! »

Si voltò verso Oscar sperando di trovare un po' di sostegno. Ma il coniglio si accontentò di balzare giù a terra per andare a masticare un po' di fieno nella mangiatoia.

« Bravissimo, hai trovato il portale » disse la donna.

« Il cosa? » chiese perplesso Adam.

« Il diario di Jonathan Harker. Quando lo hai toccato, ti ha fatto tornare a casa ».

La donna appoggiò *Le grandi storie horror* sul tavolo.

Il libro era aperto e Adam riuscì a leggere il titolo *Dracula* scritto in rosso a lettere maiuscole prima che si sprigionasse dal volume del fumo nero. Indietreggiò d'istinto ma non accadde nulla. Quando guardò di nuovo il libro, le due pagine che riusciva a scorgere erano completamente bianche.

«Cos'è successo?» chiese.

«È scomparsa la strada che portava al castello di Dracula» rispose la donna.

Adam aggrottò le sopracciglia.

«Per colpa sua abbiamo rischiato di morire! Oscar è caduto giù da una finestra e dei vampiri non ci hanno ucciso per un pelo» disse.

«Ma alla fine state tutti bene» rispose la donna.

«È vero» ammise Adam a malincuore.

La donna annuì, la sua chioma rossa e il

cappello si agitarono come se fossero montati su una molla.

«Ero certa che te la saresti cavata» disse. «Siediti: ora che hai dimostrato quanto vali, ti spiegherò tutto»

«E va bene» acconsentì Adam diffidente.

Si sedette sul letto con la netta sensazione che stava per farsi fregare. Sapeva che le persone anziane sono molto abili nel convincerti a fare tutto ciò che vogliono: sua nonna Annie era capace di farti indossare un maglione con il disegno di un gattino arancione o di farti ingoiare un piatto di spinaci fingendo di non capire il motivo delle tue proteste.

«Come avrai notato, *Le grandi storie horror* non è un libro normale» disse la donna. «In realtà è un portale che permette di entrare in alcune storie. Quelle di paura, naturalmente»

« Come è possibile entrare in una storia? » la interruppe Adam. « È una cosa inventata da un autore, non è reale »

« Ne sei proprio sicuro? Eppure tu hai parlato con i personaggi! Guardati: hai la maglietta strappata e un bel po' di lividi ».

Adam mugugnò ricordando che in effetti una donna vampiro gli aveva strappato la parte posteriore della maglietta. Chissà se sua mamma gliel'avrebbe ricucita...

« Sì, ma non era la storia di *Dracula* » protestò Adam. « All'inizio lo pensavo, ma Dracula non avrebbe dovuto trovarsi nel castello, e non mi pare che Jonathan Harker riuscisse a scappare in quel modo! »

« A dire il vero, se ci pensi bene, nel romanzo non viene descritto il modo in cui Jonathan Harker fugge dal castello »

« È vero, ma... » bofonchiò il ragazzo. « Non riesco a capire »

«È semplice» disse la donna. «Quando si scrive una storia, si crea un mondo»

«Come un mondo parallelo?»

«Sì, qualcosa del genere. In quel mondo gli eventi accadono come sono stati scritti dall'autore. Almeno finché non si tenta di modificarli. Se qualcuno entra in uno di quei mondi per cambiare fatti importanti, la storia di partenza si cancella. Per esempio, se Jonathan non fosse riuscito a scappare dal castello, non avrebbe potuto sconfiggere Dracula o sposare Mina, come nel romanzo originale. E il mondo di *Dracula* creato da Bram Stoker non esisterebbe più »

« Ma allora, perché mi ha spedito nel romanzo? » protestò Adam. « Io non sono un personaggio di *Dracula* ma sono entrato nella storia, quindi tutto è cambiato! »

« No, tu sei stato scelto da *Le grandi storie horror* per salvare il mondo di *Dracula*. Ti hanno mandato laggiù per combattere il Malautore e per fare in modo che la storia finisca normalmente »

« Combattere chi? »

« Il Malautore. Quando eri nel castello hai sentito una presenza, una sensazione sgradevole... l'impressione di essere osservato da qualcuno che non doveva trovarsi lì »

«È vero! Ho avuto quella sensazione fino a quando Dracula è scomparso ed è tornata la luce» confermò Adam.

«Era il Malautore. È entrato nella storia per riscriverla. Ha fatto calare le tenebre e riapparire il conte per impedire a Jonathan di uscire dal castello. Era pura magia, tutto ciò non faceva parte del vero mondo di *Dracula*. Ma se il Malautore fosse riuscito a cambiare il corso della storia, allora la nuova versione avrebbe sostituito quella vecchia, capisci?»

«Intende dire che se non avessi aiutato Jonathan a uscire dal castello per far proseguire la storia vera, tutto quello che è successo sarebbe diventato il nuovo racconto di *Dracula*?»

«Esatto, proprio così! Senza di te Jonathan probabilmente sarebbe morto e Dracula avrebbe vinto. Ma non è successo nulla di tutto ciò. Sconfiggendo il conte, hai scacciato il Malautore dal mondo di *Dracula*. Tutti i suoi incantesimi sono svaniti con lui e la storia è rimasta tale e quale. Grazie a te milioni di lettori continueranno a vivere nell'incredibile mondo creato dall'autore, Bram Stoker.

«Ma chi sarebbe questo Malautore?»

Adam guardò di nuovo Oscar, che però sembrava ridiventato un normale coniglio: non poteva sperare di ricevere aiuto da lui. Si rattristò un pochino: un Oscar che parlava e faceva battute era come un vero amico. Ma era già finita.

Adam ne capiva il motivo: i conigli parlano solo nelle storie.

La donna sospirò.

«Nella mia mente è tutto chiaro, ma in realtà non è affatto semplice da spiegare. Ora ti parlerò un po' di noi, i Maestri dei libri».

Capitolo tredici

«I Maestri dei libri?» ripeté stupidamente Adam.

Gli sembrava di essere stato trasformato in un pappagallo. Non aveva mai ripetuto tante cose in vita sua.

«Proteggiamo i mondi delle storie»

«In pratica siete la polizia delle storie?» chiese Adam.

La donna ci pensò su.

«In un certo senso, sì» rispose infine. «Sarebbe troppo lungo da spiegare. I Maestri dei libri esistono da quando gli uomini raccontano storie. Come ti dicevo, per ogni storia creata appare un nuovo mondo. Noi custodiamo quei mondi, ma non possiamo penetrarvi e tanto meno modificarli»

«Ma allora... Perché esistono *Le grandi storie horror*?» chiese Adam. «Non è un portale che permette di entrare dentro le storie?»

«Ebbene, per secoli non abbiamo avuto bisogno di portali. Ci limitavamo a contemplare la nascita dei mondi. A registrarne l'esistenza sui nostri elenchi, a fare in modo che le diverse versioni di una stessa storia non si confondessero, cose del genere».

Adam storse il naso. Visto così, il Maestro dei libri non sembrava un mestiere molto esaltante. Di fatto assomigliava decisamente al lavoro della bibliotecaria della scuola.

La donna tacque per riprendere fiato e tirò fuori dalla tasca un grande fazzoletto di pizzo arancione col quale si sventolò.

«Tutto procedeva a meraviglia: le "piccole donne" figlie del dottor March aspettavano il padre, la Sirenetta cercava di attirare l'attenzione del principe, Matilde sviluppava i suoi poteri nella storia creata da Roald Dahl, Winnie the Pooh andava in cerca di miele... Poi, un giorno, uno di noi ha deciso che non gli bastava più fare il custode. Ha deciso di prendere il controllo delle storie, cambiare i mondi per diventarne il re e fare quello che gli pareva. Così ha smesso di far parte dei Maestri dei libri ed è diventato Malautore»

«Ma perché?»

La donna fece spallucce.

«Perché certe persone vogliono diventare dittatori o presidenti della Repubblica? Io non lo so, figliolo. Comunque sia, quando ce ne siamo accorti era già troppo tardi: aveva fatto un incantesimo creando i portali che gli permettevano di entrare e uscire dalle storie»

«Quindi il Malautore è una specie di stregone?»

«Noi Maestri dei libri sappiamo tutti fare un po' di magia, naturalmente. Non possiamo trascorrere secoli e secoli in mezzo a storie fantastiche senza sviluppare certi talenti... Purtroppo il Malautore era uno dei Maestri più anziani, ed è sempre stato attirato dal potere. È diventato molto forte senza che ce ne rendessimo conto... Insomma, per farla breve, quando ha cominciato a cambiare i mondi che custodivamo, siamo stati costretti a reagire. Per questo abbiamo creato *Le grandi storie*: sono portali che ci permettono di scoprire quando il Malautore entra in una storia, così da seguirlo e fermarlo»

«Come *Le grandi storie horror*?»

«Esatto. Quando avvertono la presenza del Malautore in un racconto di paura, *Le grandi storie* spediscono dentro la storia il

proprietario del libro, ma non possono farlo uscire. L'uscita è nascosta in un elemento del racconto. Come il diario di Jonathan in *Dracula* »

« Quindi il Malautore un giorno potrebbe provare di nuovo a cambiare *Dracula*, anche se sono riuscito a sconfiggerlo? »

« No, ha fallito e non può ritornarci. La storia non lo lascerà entrare di nuovo »

« E io potrò tornare nel mondo di *Dracula*? »

La donna gli sorrise e gli mostrò le due pagine bianche delle *Grandi storie horror*.

« Certo, ti basterà leggere il romanzo per rivivere le avventure di Jonathan Harker. Quanto alle *Grandi storie*, ti permettono di andare una sola volta nei singoli mondi »

« Capisco » disse Adam. « Ma perché hanno spedito me? Sarebbe stato più logico scegliere un adulto... Oltretutto, se siete Maestri dei libri e avete dei poteri, perché non affrontate voi il Malautore? » aggiunse all'improvviso diffidente.

« Figurati, gli adulti non hanno abbastanza fantasia per una cosa del genere! Gli adulti non si immedesimano a sufficienza, solo i bambini possono entrare nelle storie. Noi Maestri dei libri, invece... Come ti dicevo, non abbiamo il permesso di intervenire nelle storie: è vietato ».

Adam esaminò a lungo l'enorme volume nero. Tutta quella vicenda pareva troppo incredibile per essere vera. Eppure lui aveva realmente trascorso quasi un'ora con Jonathan Harker nel castello di Dracula.

Adam avrebbe voluto insistere e chiedere come mai la signora lo avesse scelto. Non aveva talenti particolari e nessuno gli voleva bene. Beh, nessuno a parte Oscar e i suoi genitori.

Sarebbe stato meglio scegliere sua sorella.

«È stato il libro a sceglierti» disse la donna come se gli avesse letto nel pensiero. «Nessuno è più esperto di te in storie horror. Lo prova il fatto che oggi te la sei cavata benissimo».

Adam era piuttosto fiero di sé. Non avrebbe mai immaginato che leggere tutte quelle storie dell'orrore un giorno gli sarebbe stato utile. Ma era vero: dopo tanti anni passati a studiarli, era certamente il più grande esperto di zombie e di vampiri.

All'improvviso gli balenò in testa un'idea e aggrottò le sopracciglia.

«Poco fa lei ha parlato di altre *Grandi storie*. Intendeva che esistono diverse *Grandi storie horror*?» chiese.

«Per mille segnalibri stropicciati, certo che no! Salvare una storia è un lavoro da professionisti. Non spediremmo mai nel mondo di *Dracula* qualcuno che non capisce niente di vampiri... Come avresti fatto se non avessi avuto l'aglio addosso? Come penseresti di cavartela in *Furia cavallo del West*?»

«*Furia* che cosa?»

«Lo vedi?! Non capisci niente di equitazione, e così ti faresti calpestare da un'orda di cavalli selvaggi prima di riuscire ad avvicinarti allo stallone. Abbiamo un libro di *Grandi storie* per ogni genere: romanzi horror, romanzi storici, fiabe... Ne esistono di tutti i tipi! E ogni libro è stato consegnato a un bambino capace di salvare le storie che contiene»

«Credo di aver capito» disse Adam. «Ma non è pericoloso mandarci a combattere il Malautore?»

Tirò su con il naso.

«Una buona avventura comporta sempre una dose di pericolo. Comunque avevi letto la prima pagina del libro, vero?»

«La prima pagina? No!»

«I giovani non sono più capaci di leggere come si deve! Non ti hanno insegnato che bisogna cominciare un libro dall'inizio?» si lamentò la donna. «E se non avessi trovato il diario in tempo, come avresti fatto? Vabbè, non che mi stia annoiando, ma si è fatto tardi: Rose dovrebbe essere uscita da *Il libro della giungla*» disse guardando un orologio con un quadrante molto strano. Adam era praticamente certo di aver intravisto l'immagine di una bambina dai capelli rossi seduta davanti a un orso.

«A presto, caro ragazzo!» disse la donna.

Un fumo rosso cominciò ad avvolgerla.

«Ehi! Non so nemmeno il suo nome!» gridò Adam.

«Oh, ne ho diversi» rispose la donna. «Ma puoi chiamarmi Thalia».

E scomparve di colpo.

Capitolo quattordici

La porta della stanza si aprì di colpo e Adam trasalì.

« Adam, tutto bene? Mi era sembrato di sentirti parlare con qualcuno » disse sua madre.

« Oh, era... Non era niente » rispose lui.

Si girò rapidamente perché la mamma non notasse la maglietta strappata e nascose dietro la schiena le mani tutte graffiate. Sua madre gli rivolse un sorriso di comprensione.

« Tuo padre mi ha detto che sei tornato presto. Com'è andata in piscina? »

Lì per lì Adam non seppe cosa rispondere.

LA MUMMIA INFERNALE
UN FILM di Robinus
Zombie + bello del mondo

Dopo tutto quello che era successo nel frattempo, il nuoto pareva così lontano... Aveva la sensazione di essere caduto in piscina molte settimane prima.

« Mica tanto bene » ammise. « Non credo sia fatto per me. Ma non ti preoccupare: io e Oscar abbiamo trovato un'altra attività. Sono sicuro che mi farò un sacco di amici »

« Davvero? Con Oscar? Un altro sport strampalato dove fanno saltare la staccionata agli animali? Non credevo che lo facessero fare ai conigli » si stupì sua madre.

« Qualcosa del genere » disse Adam. « Tranquilla, tutto ok. Anzi, va tutto a meraviglia ».

Avrebbe giurato che le lettere dorate incastonate sulla copertina delle *Storie* brillassero divertite.

« Vabbè, se lo dici tu. Ma se hai bisogno di parlare, sono qui » disse la madre. « E se cambi idea per la piscina... »

« Non c'è pericolo. Invece sarebbe fantastico se tu mi facessi una giustificazione per domani: puoi scrivere che oggi pomeriggio sei venuta a prendermi prima della fine del corso di nuoto? »

« Non esagerare! »

« Ci ho provato » sospirò Adam.

Guardò la madre uscire dalla camera. Il giorno dopo la coordinatrice di classe lo avrebbe convocato di sicuro nel suo ufficio per rimproverarlo.

Con la fortuna che aveva, si sarebbe beccato un'ora di punizione con una frase da copiare cento volte, del tipo: "Non devo uscire dalla piscina prima della fine dell'ora, se non sono accompagnato da un adulto".

Si alzò, aprì *Le grandi storie horror* e lesse la prima pagina:

Avvertenza!

Per uscire dalla storia il portale deve essere trovato entro un'ora. In caso contrario rimarrai prigioniero nelle Storie per sempre.

Spiacenti, motivi di sicurezza.

Quindi stai bene attento, viaggiatore... E ricorda di portare l'orologio!

Adam pensò che era stato fortunato a cavarsela in *Dracula*. Aveva vissuto avventure davvero troppo pericolose per lui... I suoi genitori non gli avrebbero mai dato il permesso di correre simili rischi.

Guardò Oscar che saltellava in modo ridicolo in giro per la stanza, poi si lasciò cadere sul letto.

Aveva incontrato Dracula e Jonathan Harker. Era l'unica persona al mondo ad aver visitato il castello di Dracula! Che meraviglia!

Non vedeva l'ora di scoprire quali nuove avventure gli avrebbero riservato in futuro *Le grandi storie horror*!

Dracula

Dracula è stato scritto nel 1897 dall'irlandese Bram Stoker. Non è il primo romanzo a mettere in scena un vampiro, ma è certamente il più famoso, quello che ha fissato le caratteristiche principali del vampiro così come ce lo immaginiamo oggi: un nobile, ricco, vestito di nero, con poteri magici (in particolare, si trasforma in animale e comanda lupi e ratti)... Di contro, nel libro di Stoker, Dracula non è bello come molti vampiri moderni. All'inizio del romanzo è un vecchio con un grosso paio di baffi che ringiovanisce bevendo il sangue delle sue vittime. Ma non ha nulla a che fare con un principe azzurro dai denti lunghi!

Il romanzo è stato adattato diverse volte per il teatro e il cinema. Il personaggio di Dracula appare in più di duecento film!

Per crearlo Bram Stoker si sarebbe ispirato a Vlad Drăculeşti, o Vlad Dracula, principe di Valacchia (una regione della Romania, come la Transilvania dove vive il Dracula del romanzo). Visse dal 1431 al 1476 e dopo la morte fu soprannominato "Vlad l'Impalatore" per la sua leggendaria crudeltà: sembra avesse l'abitudine di tagliare le membra dei suoi nemici e di infilzarli su pali di legno.

Dracul significa "diavolo" e "drago" in romeno. Dracula deriva da *drăculea* che significa "figlio del diavolo" o "figlio del dragone", un nome perfetto per una creatura soprannaturale assetata di sangue!

LE GRANDI STORIE HORROR NEL PROGETTO LETTURA FACILITATA PER TUTTI

Questo libro è impaginato con particolari accorgimenti che facilitano la lettura:

- il testo è composto nel carattere ad alta leggibilità EasyReading, progettato in Italia per agevolare la distinzione delle lettere che si assomigliano;
- le parole non vengono mai sillabate alla fine di una riga, per aiutare la comprensione;
- i margini delle pagine sono ampi, il numero di parole per pagina e la quantità di caratteri per riga sono contenuti, la distanza tra le lettere e tra le righe è più larga rispetto alle abituali convenzioni tipografiche, per evitare l'affaticamento derivante da pagine piene.

Queste scelte rendono più immediata, scorrevole e veloce la lettura per tutti. Ragazze e ragazzi, anche quelli che hanno difficoltà a leggere, saranno così facilitati nell'acquisizione dell'abitudine a immergersi nelle storie, un piacere sempre meno scontato nel mondo digitale, fatto di comunicazioni veloci e testi brevissimi.

Nella stessa collana:

Franco Cardini **Storie di Re Artù e dei suoi cavalieri** *(quattro edizioni)*
Marino Bartoletti **La squadra dei sogni 1. Il cuore sul prato** *(quattro edizioni)*
Elizabeth Barféty, Magalie Foutrier **Sarò una stella 1. Amiche e rivali** *(cinque edizioni)*
Elizabeth Barféty, Magalie Foutrier **Sarò una stella 2. Perfetta... o quasi** *(tre edizioni)*
N.M. Zimmermann, Caroline Hüe **Le grandi storie horror 1. Nel castello di Dracula** *(tre edizioni)*
N.M. Zimmermann, Caroline Hüe **Le grandi storie horror 2. Nel laboratorio di Frankenstein**
Marino Bartoletti **La squadra dei sogni 2. Tutti in campo** *(due edizioni)*
Elizabeth Barféty, Magalie Foutrier **Sarò una stella 3. Sfide in famiglia** *(due edizioni)*
N.M. Zimmermann, Caroline Hüe **Le grandi storie horror 3. Sull'isola di Jurassic Park** *(due edizioni)*
Luca Poldelmengo, Manola Caprini **Valerio e la scomparsa del professor Boatigre**
Cee Neudert, Pascal Nöldner **Caccia ai mostri** *(due edizioni)*
Elizabeth Barféty, Magalie Foutrier **Sarò una stella 4. Piccola ribelle** *(tre edizioni)*
Marino Bartoletti **La squadra dei sogni 3. La coppa dell'amicizia** *(tre edizioni)*
Marta Palazzesi **Agenzia MostroCasa. SOS per la signora Dal Verme**
Anne Goscinny, Catel **Il mondo di Lucrezia** *(tre edizioni)*
N.M. Zimmermann, Caroline Hüe **Le grandi storie horror 4. Nello studio del dottor Jekyll**
Elizabeth Barféty, Magalie Foutrier **Sarò una stella 5. La più timida spicca il volo**
Elizabeth Barféty, Magalie Foutrier **Sarò una stella 6. A tutti i costi** *(due edizioni)*
Anne Goscinny, Catel **Il mondo di Lucrezia 2**
N.M. Zimmermann, Caroline Hüe **Le grandi storie horror 5. Sulle tracce di Sherlock Holmes**
Marta Palazzesi **Agenzia MostroCasa 2. Quella strega della vicina!**
Luca Poldelmengo, Manola Caprini **Valerio nella tana del Varano**
Elizabeth Barféty, Magalie Foutrier **Sarò una stella 7. La tournée in Giappone**
Catherine Kalengula, Magalie Foutrier **Le creazioni di Agata e Lola. Come sorelle**
Anne Goscinny, Catel **Il mondo di Lucrezia 3**
Elizabeth Barféty, Magalie Foutrier **Sarò una stella 8. Prima, o niente!**
Giuseppe D'Anna **Crea la tua Divina Commedia**
Elizabeth Barféty, Magalie Foutrier **Sarò una stella 9. Intrigo all'Opéra** *(due edizioni)*
Gianluca Morozzi **Ultranoidi. Quadrophenia Girl**
Reggie Naus, Mark Janssen **I pirati della porta accanto** *(due edizioni)*
Elizabeth Barféty, Magalie Foutrier **Sarò una stella 10. La nuova arrivata**
Gianluca Morozzi **Ultranoidi 3. L'impero dello Psicozar**
Charlotte Habersack, Fréderic Bertrand **Non aprire questo pacco. Morde!**
Christelle Chatel **Il lupo e il leone** *(due edizioni)*
Sabina Colloredo **SOS messaggio in mare. I ragazzi della Quercia Storta**
Marco Cattaneo **Gioca la tua partita**
Angelo Di Liberto **Lea** *(tre edizioni)*
Charlotte Habersack, Fréderic Bertrand **Non aprire questo pacco. Sbava!**
C. Acerbi, E. Caillat, M. Guidi **Millo & Cia - Avventure scout. Il mistero del palazzo maledetto**
Reggie Naus, Mark Janssen **I pirati della porta accanto. Alla conquista del parco**
Pippa Curnick **Indaco Wild e le strane creature di Jellybean Crescent**

Della stessa serie:

N. M. Zimmermann
LE GRANDI STORIE HORROR NEL LABORATORIO DI FRANKENSTEIN
disegni di Caroline Hüe
128 pagg., euro 7,90
ISBN 978-88-9348-729-0

N. M. Zimmermann
LE GRANDI STORIE HORROR SULL'ISOLA DI JURASSIC PARK
disegni di Caroline Hüe
128 pagg., euro 7,90
ISBN 978-88-9348-812-9

N. M. Zimmermann
LE GRANDI STORIE HORROR NELLO STUDIO DEL DOTTOR JEKYLL
disegni di Caroline Hüe
128 pagg., euro 7,90
ISBN 978-88-9348-987-4

N. M. Zimmermann
LE GRANDI STORIE HORROR SULLE TRACCE DI SHERLOCK HOLMES
disegni di Caroline Hüe
144 pagg.
ISBN 978-88-3624-088-3
euro 7,90

Nella stessa collana:

IL LUPO E IL LEONE
112 pagg.
ISBN 978-88-3624-461-4
euro 9,90

Il romanzo tratto dal film *Il lupo e il leone* del regista di *Mia e il leone bianco*

"Anche tre orfani, provenienti da specie diverse, possono essere una famiglia. L'incontro di tre anime non è questione di razza, credo o religione, ma di connessione. È questo il messaggio de Il lupo e il leone, una favola moderna nella quale si dimostra che anche due predatori possono formare un tale nucleo".

ANSA.it

"Il lupo e il leone, la favola vera dell'incontro fra due cuccioli speciali".

Chiara Ugolini, la Repubblica

Marino Bartoletti
LA SQUADRA DEI SOGNI
IL CUORE SUL PRATO
disegni di Giuseppe Ferrario
144 pagg., euro 9,90
ISBN 978-88-9348-692-7

Marino Bartoletti
LA SQUADRA DEI SOGNI
TUTTI IN CAMPO
disegni di Giuseppe Ferrario
128 pagg., euro 9,90
ISBN 978-88-9348-760-3

Marino Bartoletti
LA SQUADRA DEI SOGNI
LA COPPA DELL'AMICIZIA
disegni di Giuseppe Ferrario
160 pagg., euro 9,90
ISBN 978-88-9348-936-2

"Visto che sono nonno di due nipotini, ho scritto questi libri come se stessi parlando a loro, raccontando storie in cui si mescolano amicizia, affetto, importanza dei valori dello sport, vittorie, sconfitte, rapporti con i genitori, ma anche bullismo e integrazione sociale"

Marino Bartoletti
al *Resto del Carlino*

Marta Palazzesi
AGENZIA MOSTROCASA
SOS PER LA SIGNORA DAL VERME
disegni di Maria Luisa Petrarca
128 pagg.
ISBN 978-88-9348-901-0
euro 11,50

Marta Palazzesi
AGENZIA MOSTROCASA
QUELLA STREGA DELLA VICINA!
disegni di Maria Luisa Petrarca
160 pagg.
ISBN 978-88-3624-048-7
euro 9,90

"Una storia (disgustosamente) spassosa e piena di trovate"

La Lettura - Corriere della Sera

"Un libro che si divora, che siate bambini o adulti, i cui personaggi sono tutti esilaranti e imprevedibili, gli acronimi usati spassosi, e la vicenda assolutamente meritevole"

Francesca Cianfoni, *Zebuk*

Luca Poldelmengo
VALERIO E LA SCOMPARSA DEL PROFESSOR BOATIGRE
disegni di Manola Caprini
168 pagg.
ISBN 978-88-9348-839-6 euro 9,90

Luca Poldelmengo
VALERIO NELLA TANA DEL VARANO
disegni di Manola Caprini
162 pagg.
ISBN 978-88-3624-093-7 euro 9,90

"Un thriller per ragazzi nato dalla penna di un giallista vero (con un pizzico di aiuto)"

Silvia D'Onghia, *il Fatto Quotidiano*

"Un giallo dove l'avventura si fonde alla fantascienza e a un pizzico di magia, ma senza dimenticare la riflessione sui temi più seri"

Marzia Apice, *Ansa.it*

Cee Neudert
CACCIA AI MOSTRI
disegni di Pascal Nöldner
160 pagg.
ISBN 978-88-9348-908-9 euro 12,90

Cee Neudert
CACCIA AI MOSTRI
disegni di Pascal Nöldner
162 pagg.
ISBN 978-88-3624-089-0 euro 12,90

"Un libro davvero speciale: si può leggere saltando le pagine; richiede uso di matita e gomma, astuzia e tanto coraggio; vi farà fare un sacco di cose; ma soprattutto... ha un vero mostro all'interno!"

Topolino Magazine

Anne Goscinny
IL MONDO DI LUCREZIA
disegni di Catel
192 pagg.
ISBN 978-88-3624-062-3
euro 12,50

Anne Goscinny
IL MONDO DI LUCREZIA 2
disegni di Catel
192 pagg.
ISBN 978-88-3624-006-7
euro 12,50

Anne Goscinny
IL MONDO DI LUCREZIA 3
disegni di Catel
192 pagg.
ISBN 978-88-3624-139-2
euro 12,50

Anne Goscinny
IL MONDO DI LUCREZIA 4
disegni di Catel
192 pagg.
ISBN 978-88-3624-189-7
euro 12,50

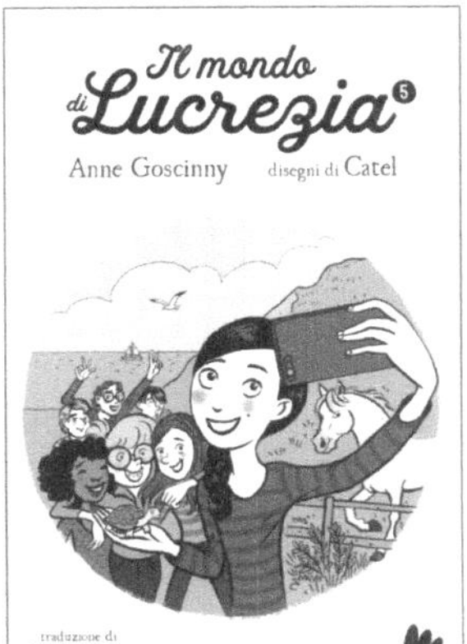

Anne Goscinny
IL MONDO DI LUCREZIA 5
disegni di Catel
192 pagg.
ISBN 978-88-3624-376-1
euro 12,50

"Da una normalità avventurosa Anne Goscinny ricava quella comicità spensierata che accontenta tanto le mamme lettrici, sempre pronte a lodare su internet *Il mondo di Lucrezia,* quanto i loro figli, che l'hanno eletta a serie preferita e certo traggono serenità da una descrizione della crescita priva di terrorismo psicologico. Anche una vita felice può emozionare ed è degna di essere raccontata"

Gabriele di Donfrancesco,
Robinson - la Repubblica

Stampato e fabbricato per conto di Carlo Gallucci editore srl
presso Grafica Veneta spa (Trebaseleghe, PD) nel mese di giugno 2022
con un processo di stampa e rilegatura certificato
100% carbon neutral in accordo con PAS 2060 BSI